Sabe seduzir a carne a palavra

Patrizia Valduga

Sabe seduzir a carne a palavra

Organização e tradução
Agnes Ghisi e Elena Santi

jabuticaba

Dados Internacionais de Catalogação na Publicação (CIP) de acordo com ISBD

V148s Valduga, Patrizia

Sabe seduzir a carne a palavra / Patrizia Valduga ; organizado por Agnes Ghisi, Elena Santi ; traduzido por Agnes Ghisi e Elena Santi. - São Paulo : Edições Jabuticaba, 2023.
68 p. ; 14cm x 21cm

Inclui índice
ISBN: 978-85-93478-20-8

1. Literatura italiana. 2. Poesia. 3. Poesia contemporânea. I. Ghisi, Agnes. II. Santi, Elena. III. Título.

CDD 851
2023-848 CDU 821.131.1-1

Elaborado por Odilio Hilario Moreira Junior - CRB-8/9949

Índice para catálogo sistemático:
1. Literatura italiana : Poesia 851
2. Literatura italiana : Poesia 821.131.1-1

Tradução: Agnes Ghisi e Elena Santi
Preparação: Cláudia T. Alves
Revisão: Fabiana Assini
Design miolo: Cesare Rodrigues
Design e imagem da capa: Bruna Kim
a partir de gravura de Helena Freddi
sobre foto de Günter Roth

9 788593 478208

Edições Jabuticaba
www.ediçõesjabuticaba.com.br
www.facebook.com.br/Edjabuticaba
instagram: @livrosjabuticaba

SUMÁRIO

«Non muoverti. Sta' ferma. Ho detto: ferma!
"Não se mexe. Já disse: chega, palerma!
Un serraglio di assonnate lascivie,
Serralho de sonolentas lascívias,
Come leggero ai lidi ansava il mare!
Como leve na orla arquejava o mar!
Di quel poco che resta di quel fuoco
Desse pouco que resta desse fogo
Osceno e sacro l'amore delibera
Obsceno e sagrado o amor deixa livre
Avrei finto di non avere voglia,
Eu vou fazer de conta que não quero,
Violentami, costringimi a godere,
Violenta-me, obriga-me ao prazer,
E sempre quella mano sulla fronte...
E tem sempre aquela mão sobre a testa...
Tira fuori la lingua. Fuori! Fuori!
Põe a língua pra fora. Fora! Fora!
Sai, ti fa bene che ti faccia male.
Sabe, te faz bem que te faça mal.
Avanza ancora, guadagna terreno
Avança ainda, ganhando terreno
Io sempre al limitare del mio niente
Eu sempre no limiar do meu nada

As palavras, o desejo, a morte
por Patrizia Valduga

Nota das tradutoras

O que nos moveu no longo e cuidadoso trabalho de organização deste livro foi a vontade de oferecer ao público leitor brasileiro um percurso possível, entre tantos, pela poesia de Patrizia Valduga, nome até agora inédito no Brasil em coletânea própria — mas presente na antologia *Vozes: cinco décadas de poesia italiana* (Editora Comunità, 2017), que conta com uma entrevista com a autora. O caminho que se percorre por estas páginas é cronológico, mas não antológico. Não fomos guiadas por critérios de completude ou de igual representatividade de todas as obras da poeta, mas pelo desejo de apresentar, em uma espécie de primeiro corpo a corpo, uma das muitas chaves de leitura para a sua poesia: seu erotismo. Em relação ao que motivou este percurso, deve-se dizer que o erotismo valduguiano não é apenas temático, mas também encontra espaço na tensão entre forma e conteúdo, entre as estruturas poéticas da tradição italiana — com versos de medida fixa e esquema de rimas rígido — e os argumentos que Valduga trata de maneira crua e sem eufemismos — como a morte, a doença e o sexo. Se, por um lado, parece haver uma submissão à forma, a leitura dos poemas sugere, entretanto, a sua subversão, na medida em que temos um violento embate entre as regras poéticas e a maneira direta, obscena, impudica com que os temas são tratados. O ritmo dos versos é marcado, por sua vez, por uma forte dramaticidade, sobreposições de vozes e falas, diálogos amorosos e sórdidos, ao mesmo tempo, bem como imagens penetrantes e diretas.

O andamento dialógico não remete necessariamente a uma naturalidade da fala, já que nesses poemas nada é espontâneo. Aliás, tudo é artifício. Na esteira dos artistas barrocos, artifício como instrumento de sondagem do mundo, fonte de maravilha e estranhamento. Por isso, algumas escolhas tradutórias se distanciam da fala e do coloquial. Um exemplo disso é o uso de palavras pouco corriqueiras e a manutenção da ênclise. Na nossa visão, a aderência a um uso mais cotidiano da linguagem e escolhas atualizantes acarretariam uma perda de valores sonoros, formais e textuais que acabaria por mudar o projeto poético de Valduga. A urdidura fonética e a rigidez da forma nos pareceram limiares que precisavam não ser ultrapassados, para que resultasse evidente o embate com a obscenidade do conteúdo. Além disso, consideramos a estranheza produzida por algumas soluções como ponto de força e de singularidade, uma maneira de deixar ressoar a pluralidade linguística que mora em todas as línguas. Com isso, nossa intenção é trazer para a contemporaneidade elementos da poesia maneirista e barroca, que são tão caros a Valduga.

Todos esses elementos podem ser observados nas leituras e apresentações em público de Valduga (muitas delas disponíveis nas plataformas digitais), cuja presença é sempre magnética e cativante. O poema que abre o livro é um exemplo interessante para se pensar esse caráter performático da poeta. A sua construção, longe de qualquer espontaneidade, mostra uma arquitetura precisa e rígida. Nesse sentido, a manutenção da ênclise em português, apesar do estranhamento, nos pareceu fundamental, pois mantém a métrica dos versos, marcando um ritmo de leitura que beira, de um lado, uma espécie de repetição ritual, e, de outro, um pedido incessante e contínuo. Com o pronome oblíquo a voz feminina se faz presente, ganha corpo e forma, reivindica uma posição de destaque, em meio aos tantos pedidos que dirige ao amado.

Enfim, nosso desejo é que o encontro/embate com a palavra poética de Patrizia Valduga possa germinar e ampliar, cada vez mais, o espaço dessa autora no panorama poético brasileiro.

Agnes Ghisi
Elena Santi

Sabe seduzir a carne a palavra

Vieni, entra e coglimi, saggiami provami...
comprimimi discioglimi tormentami...
infiammami programmami rinnovami.
Accelera... rallenta... disorientami.

Cuocimi bollimi addentami... covami.
Poi fondimi e confondimi... spaventami...
nuocimi, perdimi e trovami, giovami.
Scovami... ardimi bruciami arroventami.

Stringimi e allentami, calami e aumentami.
Domami, sgominami poi sgomentami...
dissociami divorami... comprovami.

Legami annegami e infine annientami.
Addormentami e ancora entra... riprovami.
Incoronami. Eternami. Inargentami.

Vem, entra e colhe-me, testa-me prova-me...
comprime-me dissolve-me atormenta-me...
inflama-me programa-me renova-me.
Acelera... abranda... desorienta-me.

Coze-me ferve-me morde-me... encova-me.
E funde-me e confunde-me... espaventa-me...
condena-me, perde-me e acha-me, absolve-me
Descobre-me... arde-me queima-me esquenta-me.

Ata-me e solta-me, encolhe-me e aumenta-me.
Doma-me, derrota-me então violenta-me...
desune-me devora-me... comprova-me.

Amarra-me afoga-me e enfim ausenta-me.
Adormenta-me e ainda entra... reprova-me.
Coroa-me. Eterniza-me. Argenta-me.

Sa sedurre la carne la parola,
prepara il gesto, produce destini...
E martirio è il verso,
è emergenza di sangue che cola
e s'aggruma ai confini
del suo inverso sessuato, controverso.

Sabe seduzir a carne a palavra,
prepara o gesto, produz outros rumos...
E martírio é o verso,
é emergência de sangue que escalavra
se coagula em grumos
do seu inverso sexuado, controverso.

Cadeva il giorno e cadeva l'amato
in tal mio agguato. L'avevo d'un tratto
incatenato al letto, inchiavardato.
Ma che ho fatto? chiedeva, Ma che ho fatto?
Tu del mio cuore non ti sei curato.
Dal giorno astratto, da questo disfatto,
alenava nel buio. Te ne vai?
Né cuore avrai di curartene ormai.

Caía o dia e caía meu amado
logo emboscado. Assim de fato o quis
acorrentado à cama, encavilhado.
Mas o que eu fiz? perguntava. O que eu fiz?
Tu do meu coração tens descuidado.
Do dia desfeito e o feito infeliz,
ansiava no escuro. Vais me deixar?
Já não tens coração pra me cuidar.

Adesso calma e sangue freddo. Dunque
per lui... per un avvenire qualunque...
un po' di sangue, un grido... era l'amore?
Era questo, mi dicevo, l'amore?
A due a due agglutinati insieme,
per i bisogni del tormento insieme,
l'uno nell'altra cuore contro cuore
«ecco vengo, sí, godi godi amore...»
Un po' di sangue, un grido, un paio d'urla...
«anch'io... anch'io...» ansimi da burla...
Ma da ogni parte in me, ma il senso in me,
giorni e notti ammucchiarsi dentro me,
avventarsi di annate in un istante,
vedendomi vecchia, peggio, invecchiante,
quel senso... sí, non si era mai perduto,
e avrei fino allo spasimo voluto
il piacere, il piacere finalmente,
il piacere dei sensi e della mente.
Oh paese dell'anima occupata!
Solo una volta lui mi ha penetrata
da parte a parte con tutto il coltello.
Amore, gli dicevo, amore bello,
io cosa faccio, cuore del mio cuore?
Come hai detto? non sento... per favore
non potresti parlare un po' piú forte?
Mi stai mandando, sappilo, alla morte...
cosa faccio cosí? che umiliazione...
che cosa? «Guarda la televisione.»
Che umiliazione per un po' di affetto!
Partita con la testa, gli hanno detto,
andata con la testa, inoffensiva,
le braccia in croce ed ero ancora viva,
se è vita questa mia bava di vita.

Agora calma e sangue frio. Assim
para ele... ou para um qualquer fim...
algum sangue, um grito... era o amor?
Era isso, me dizia, era isso, o amor?
De par em par aglutinados juntos,
para os deveres dos tormentos juntos,
coração contra coração, um no amor
"vou gozar, sim, goza, goza, amor"
Algum sangue, um grito, tantos berros...
"também... eu também..." arquejos de erros...
Mas dentro de mim, mas o senso em mim,
dias e noites se empilhando em mim,
ofensivas de épocas iminentes,
ver-me velha, pior, envelhescente,
esse senso... sim, nunca foi perdido,
e teria até o espasmo querido
o prazer, o prazer finalmente,
o prazer dos sentidos e da mente.
Ah, país com alma tão ocupada!
Só uma vez por ele fui penetrada
de um lado a outro com o punhal inteiro.
Amor, eu lhe dizia, amor faceiro,
então que faço, amor do meu amor?
Que dissestes? Não ouço... por favor
não poderias só falar mais forte?
Me estás mandando, saibas disso, à morte...
o que eu faço assim? mas que humilhação...
mas o quê? "Assiste à televisão."
Que humilhação por um pouco de dengo!
Doida da cabeça, estão lhe dizendo,
louquinha da cabeça, inofensiva,
os braços em cruz e ainda estava viva,
se é que é vida esta minha escória de vida.

Poi farmi eccitare dalle sue dita
al buio, dentro un letto d'ospedale...
Oh sento male io, mi sento male!
vestita per la bara... ma perché?...
Lui morto, su di me, assieme a me,
e andare morto sulla morta, e...

Depois, com seus dedos vem e me excita
no escuro, numa cama de hospital...
Ah, eu ouço mal, eu me sinto mal!
vestida para o caixão... mas, por fim?...
Ele morto, sobre mim, junto a mim,
e partir morto sobre a morta, sim...

Baciami; dammi cento baci, e mille:
cento per ogni bacio che si estingue,
e mille da succhiare le tonsille,
da avere in bocca un'anima e due lingue.

Beija-me; dá-me cem beijos, e mil:
cem para cada beijo que já míngua,
e para sugar as tonsilas, mil,
para ter na boca uma alma e duas línguas.

Oh sí, accarezza dolcemente, sfiora,
ma minaccia ogni furia e ogni violenza;
lentamente... non dentro, non ancora...
portami a poco a poco all'incoscienza.

Ah sim, afaga-me, doce, com tua mão,
mas ameaça a fúria e a violência;
lentamente... não dentro, ainda não...
leva-me pouco a pouco à inconsciência.

Fa’ presto, immobilizzami le braccia,
crocefiggimi, inchiodami al tuo letto;
consolami, accarezzami la faccia;
scopami quando meno me l’aspetto.

E vai logo, imobiliza-me os braços,
crucifica-me, à cama me pregando;
então consola-me, afaga-me os traços;
me fode sem que eu esteja esperando.

Terra alla terra, vieni su di me:
voglio il tuo vomere nella mia terra,
fiorire ancora traboccando e
offrire il fiore a te, mio cielo in terra.

Terra para a terra, vem sobre mim:
quero o teu arado na minha terra,
florescer mais e transbordando enfim
oferecer-te a flor, meu céu na terra.

«Non muoverti. Sta' ferma. Ho detto: ferma!
che senta la tua fica fino in fondo.
Bocciolo mio, ti innaffierò di sperma
finché avrà fine il tempo e fine il mondo.»

"Não se mexe. Já disse: chega, palerma!
pra chegar na tua xota até o fundo.
Botãozinho meu, vou te encher de esperma
até que cheguem ao fim tempo e mundo."

Un serraglio di assonnate lascivie,
sperma rappreso, lividi, saliva,
di tremiti fugaci e fuggitivi e
fuggiti come fumo all'aria viva...

Serralho de sonolentas lascívias,
esperma espesso, contusões, saliva,
de tremuras fugazes fugitivas
fugidas qual fumaça em brisa viva...

Come leggero ai lidi ansava il mare!
E lui era la sola vela in vista.
Sopra di me è venuto a naufragare
perché resista, o solo perché esista.

Como leve na orla arquejava o mar!
Onde ele era a única vela à vista.
Sobre mim ele veio naufragar
Para que resista, ou somente exista.

Di quel poco che resta di quel fuoco
resta l'amore quando non si fa
che soffre troppo del suo troppo poco,
però profuma di felicità.

Desse pouco que resta desse fogo
resta só o amor quando não se faz
que sofre muito do seu muito pouco,
porém perfuma do que satisfaz.

Osceno e sacro l'amore delibera
stessa sede per sé e per gli escrementi.
Se non mi leghi io non sarò mai libera,
né casta mai se tu non mi violenti.

Obsceno e sagrado o amor deixa livre
mesmo lugar pra si e os excrementos.
Se não me atas, eu nunca serei livre,
e nem casta, se não me violentas.

Avrei finto di non avere voglia,
perché a forza mi facesse volere.
Io voglio che tu voglia che io non voglia:
questa è la verità del mio piacere.

Eu vou fazer de conta que não quero,
para que à força me faça querer.
Quero que tu queiras o meu não-quero:
que é esta a verdade do meu prazer.

Violentami, costringimi a godere,
fendendomi con tutta la tua forza,
e fa' di me secondo il tuo volere,
sii il mio flagello, dammi fuoco e forza.

Violenta-me, obriga-me ao prazer,
fendendo-me com toda a tua força,
faze de mim conforme o teu querer,
sê meu flagelo, dá-me fogo e força.

E sempre quella mano sulla fronte...
E l'altra lí, cosí, due dita sole...
E quando fica e testa sono pronte
riempile di cazzo e di parole.

E tem sempre aquela mão sobre a testa...
E a outra ali, assim, com dois dedos sós...
E quando xota e cabeça estão em festa
preencha-as com caralho e com voz.

Tira fuori la lingua. Fuori! Fuori!
Di piú. Cosí. Puliscimi le dita.
Ammetto che migliori.
Però, eccitarti senza il mio permesso...
Di' che meriti di essere punita.
Via, su quella poltrona, via, adesso:
quante volte bisogna che lo dica?
E non ti metto niente nella fica.

Põe a língua pra fora. Fora! Fora!
Mais. Assim. Nos dedos, uma lambida.
Admito, houve melhora.
Mas, te excitar sem meu consentimento...
Diga que tu mereces ser punida.
Vai, na poltrona, vai, neste momento:
quantas vezes tenho que te dizer?
E na tua xota eu não vou meter.

Sai, ti fa bene che ti faccia male.
Non avere vergogna:
bisogna fare quello che bisogna.
È il minimo e è tutto naturale.
Goditi il tuo dolore,
godi che anche per oggi non si muore.
Stenditi su di me, stringimi forte.
Baciami, bimba, stringimi piú forte.

Sabe, te faz bem que te faça mal.
Não há que se envergonhar:
preciso é fazer o que precisar.
É o mínimo, e é tudo natural.
Goza o que te doer
goza, hoje também ninguém vai morrer.
Deita sobre mim, aperta-me forte.
Beija-me, bebê, aperta-me mais forte.

Avanza ancora, guadagna terreno
in seno alle mie viscere contratte.
Ah, non ha piú confine, non ha freno
questo duello di chi non combatte...
Superflua adesso infine
e trapanata da dita assassine...
No no, lui rende tutto cosí puro,
e io superflua mi sento al sicuro.

Avança ainda, ganhando terreno
nas minhas vísceras, no seu encolher.
Ah, não tem mais confins, não é ameno o
duelo de quem não quer combater...
Supérflua agora enfim
e perfurada por dedos sem fim...
Não não, ele torna tudo tão alvo,
e eu, que sou supérflua, me sinto a salvo.

Io sempre al limitare del mio niente
ti ho esasperato, ti ho fatto ammalare.

Ti ho sperperato i battiti del cuore
per far battere il mio senza tremare.

E il tuo amore per me forse è finito,
mentre il mio è ancora tutto da fare.

Amore caro, amato malamente,
sono guarita. Vuoi ricominciare?

Eu sempre no limiar do meu nada
exasperei-te, te fiz acamar.

Dissipei-te as batidas do coração
para que o meu bata sem vacilar.

Se o teu amor por mim já acabou
o meu ainda está por começar.

Caro amor, amado de forma errada,
estou melhor. Tu queres retomar?

As palavras, o desejo, a morte

"Fala para que eu te veja", diz Giacomo Lubrano que dizia Sócrates.

Mas também Niccolò Tommaseo: "Não julguem o homem a não ser depois de ouvir como fala".

E Lubrano: "Cospe-se pela boca o impuro da alma, por isso fala-se como se vive, e quem vive mal, fala pior".

A minha língua me torna visível. A minha língua me constrói, constrói a minha identidade, aquele equilíbrio precário que não é nada além do modo da organização e da conservação assumido pelo medo da morte.

Paul Valéry: "Ansiosos por saber, demasiado felizes em ignorar, buscamos no que há, remédio para aquilo que não há, e no que não há, um alívio para aquilo que há. Uma hora a realidade e, outra hora, a ilusão, nos recolhe; e a alma definitivamente não tem outro recurso além da verdade, a sua arma, e a mentira, o seu escudo".

Dito em modo menos poético e mais científico, usando as palavras de Matte Blanco do jeito que consigo – mas ele diria que o meu é um modo altamente emotivo de ser científica – este sentir-se irresolvido e sem atracadouro é a antinomia fundamental e constitutiva do homem, "resultante da coexistência de dois modos de ser que são, entre eles, incompatíveis, e todavia coexistem sem jamais se fundir em um conceito unitário mais amplo que compreenda ambos, como o nitrogênio e o oxigênio no ar, juntos e separados, jamais combinados para formar dióxido de nitrogênio".

Há nos seres humanos (e no mundo) um modo de ser que se expressa na distinção entre as coisas, ou seja, na sua divisão, e outro modo que trata qualquer objeto de conhecimento como se fosse indiviso: o modo heterogênico ou assimétrico e o modo indivisível ou simétrico.

O modo indivisível, cuja lógica pode ser definida e "compreendida" pela lógica clássica a partir das violações que essa mesma lógica sofre, trata de conjuntos infinitos e espaços multidimensionais. É a imensa base da qual emerge a consciência espaço-temporal, é a realidade do ser da qual emerge a realidade do compreender. A realidade do ser sem espaço, sem tempo e sem morte.

Há um morfismo entre a estrutura psíquica do homem e a estrutura da natureza: no infinitamente pequeno, que vai dos átomos de Leucipo e de Demócrito à mecânica quântica, e no infinitamente grande, que vai do ilimitado de Anaximandro à atual astrofísica, os parâmetros com os quais percebemos e pensamos vão por água abaixo. O modo indivisível presente na natureza está presente na matemática (o infinito matemático, Zenão). Espinosa: "Sentimos e experimentamos nossa existência eterna". Com a razão pensamos o infinito, com o desejo sentimos o infinito. William Blake: "Se as portas da percepção fossem purificadas, tudo pareceria ao homem como é, infinito". E sentimos o infinito através de um infinito. Gerald M. Edelman: "O cérebro humano é o objeto material mais complicado do universo conhecido. O córtex cerebral (a parte necessária para a percepção e para o pensamento) tem dez bilhões de células nervosas e um milhão de bilhões de conexões sinápticas. Se se contasse uma conexão por segundo, se terminaria depois de cerca de trinta e dois bilhões de anos".

Reencontrei, na leitura dos vocabulários, o agradável descanso que me dava a matemática nos tempos de escola. São o conjunto finito (finito porque damos fim a ele, devemos dar fim a ele) das palavras, os subconjuntos dos tratos fonológicos e semânticos, o conjunto infinito das potencialidades do discurso, expressivas e cognitivas, onde cada elemento é a classe contextual de um lexema. Os vocabulários são o universo da representação, o infinito semântico que posso percorrer segundo itinerários lógico-matemáticos, por classes referenciais, por classes sêmicas, por séries exocêntricas, por séries endocêntricas, ou por acaso, porventura, por loucura. De todo modo, não há assemia possível.

D'Annunzio: "Há apenas uma ciência no mundo, suprema: a ciência das palavras. Quem a conhece, conhece tudo". Ou ainda: "Palavra, ou algo místico e profundo". Não acredito no indizível. A língua é mais rica que qualquer intuição, que qualquer imaginação.

"Cem mil bilhões de poemas": a palavra combinatória (Queneau). "Clemátide": a palavra salvífica (Céline). "A palavra": a palavra ressuscitadora (Dreyer).

A estrutura lógico-matemática do vocabulário me dá prazer. Eu, que vejo com os ouvidos, penso como Sade: "As sensações comunicadas pelo ouvido são as que mais lisonjeiam e cujas impressões são mais vivas".

Devo me citar:

"Vai, quero que me envolva a tua voz.
Já sabes, eu preciso de palavras,
vais aprender a me amar do meu jeito.
É a vontade da mente desvairada.
Meu devaneio é ouvindo, não vendo.
É, não vou querer quem não se apalavra.
Nem quem muito se apalavra: opressor.
Eu tenho vontade só de palavras.
são elas meu único grande amor."[1]

Este último verso é um furto de Samuel Beckett. Sim, eu roubo. Porque me ensinaram que os pequenos imitam e os grandes roubam. Prefiro imitar os grandes que os pequenos.

Volto a Valéry: nas palavras "busco, no que não há, alívio para o que há". Mas, mais do que a ilusão a me recolher, é o mundo infinito e agradável do possível; e reforço a minha identidade, aumento a minha competência. Porque "somente buscando palavras é que se encontra o pensamento" (Joubert). Mas quanto mais viajo no possível, mais competência adquiro, e mais conheço; quanto mais conheço, mais conheço a minha morribilidade, e mais sou infeliz. Mas quanto mais viajo no possível, mais potencializo o desejo, o pensamento-sentimento entre ausência e posse, entre memória e imaginação, o desejo que é potência criadora, que cria o seu objeto e dele faz uma subestrutura do si mesmo, e é destina-

1 "Io voglio che mi avvolga la tua voce. / Ora lo sai, ho bisogno di parole, / devi imparare a amarmi a modo mio. / È la mente malata che lo vuole. / Ho fantasie auditive, non visive. / Vero, non voglio più chi non mi vuole. / Né chi mi vuole troppo: è un oppressore. / Voglio semplicemente le parole. / Sono loro il mio solo grande amore".

do à inapagabilidade. Ou ainda, poeticamente: "Há um deus em nós e, quando ele se move, nos incendeia" (Ovídio). Mas há um deus em nós, e o nosso fervor criativo nasce do seu impulso (Canali). Prefiro: há um deus em nós, nos acendemos em sua espora. Isso vale tanto para a criação artística quanto para as criaturas da percepção, que nunca são as criaturas percebidas. E volto à realidade com desejo aumentado.

Mas verifico outra vez a inapagabilidade do desejo: eis-me outra vez às palavras.

Char: "O poema é o amor realizado pelo desejo que permanece desejo". A poesia não é a realização alucinatória do desejo, é a realização do amor pelo desejo. O infinito que experimento no desejo quer ser traduzido e despregado. As palavras não são nada além dos instrumentos assimétricos da função de despregamento e tradução do ser simétrico. Como traduzo o desejo que permanece desejo? Somente violando a lei, colocando liberdade na constrição. "Sem a lei, de fato, teria ignorado a concupiscência (...), visto que sem a lei o pecado está morto" (São Paulo). E Leopardi: "Portanto, a liberdade na língua deve vir da perfeita ciência e não da ignorância".

Às palavras, as mesmas que me fizeram companhia para me proteger da morte e para me dar um sentido resguardando a minha identidade, peço para me libertar desta identidade endurecida e imóvel como a morte depois da derrota do desejo. Escrevi uma vez que escrever é "exposição ritual à morte" para vencer, por um instante, o medo da morte. Não. O medo da morte não é nada além da sensação precisa de estar morto. Escrever é no máximo um exercício de ressurreição. Ou melhor, uma autópsia; invocar o desejo, o Grande Consolador: "Isso é mostrado no Evangelho, quando ele pede ao Pai para lhe enviar o Consolador, ou Desejo, para que a Razão tenha ideias sobre as quais construir" (Blake) ou ainda: "Se desejas poemas que durem para sempre, dá-me alguém para amar", se pedes poemas imortais, dá-me o que amar (Marcial). Aliás, invocar o infinito desejo do desejo, e os seus objetos casuais, sempre inadequados, às vezes até mesmo ridículos. "O que o homem vê, Amor faz invisível / e o invisível faz ver Amor" (Ariosto). Mas também, sempre com Matte Blanco, saudade do indivisível, porque "Os poetas e os esquizofrênicos tendem a incluir muitas coisas – no limite: o universo – até quando falam de pequenos objetos circunscritos".

Um tempo atrás, para uma revista que me fez a periódica pergunta, "Por que vocês escrevem?", respondi: "Para arrancar um pouco de prazer das palavras quando não consigo arrancá-lo de outro lugar". E enquanto estava com elas, uma espécie de desfalecimento da mente – matteblanchianamente: uma simetrização – deve organizá-las a fim de me dar prazer e me preparar de novo para a realidade. São palavras "novas sempre e antigas", como os cães do velho D'Annunzio, para dizer sempre e somente a mesma coisa, para roer o mesmo osso, como os cães de D'Annunzio, para roer os meus ossos; são palavras vivas e palavras mortas, palavras-cadáveres, palavras-múmias, para ressuscitar com outras palavras que sinto como palavras do amor pelas palavras, no calmo prazer sem perigo que é o prazer da ordem e da simetria, protegida pela mesma lei que devo infringir. Talvez seja isso o que quis dizer quando disse, sem saber o que me dizia, vinte e cinco anos atrás:

"Sabe seduzir a carne a palavra,
prepara o gesto, produz outros rumos...
E martírio é o verso,
é emergência de sangue que escalavra
se coagula em grumos
do seu inverso sexuado, controverso."

Às seis funções de Jakobson (emotiva, poética, conativa, fática, metalinguística, referencial) Zanzotto, vendo algumas senhoras na primeira fila dormindo numa conferência, adicionou uma sétima, a hipnótica. Eu adicionaria ainda uma oitava: a erógena, que se poderia colocar entre a poética e a conativa, ou ainda como subfunção da poética.

A poesia é como o amor, é a saudade do indivisível: ambos se predeterminam um pouco de perda de consciência, algum desmantelamento do equilíbrio infeliz que é a nossa identidade. Ambas possuem uma função erógena e, portanto, ansiolítica.

"Quero um amor doloroso, lento, / que seja lento como lenta morte / e sem um fim (e quero que mais forte / seja do que a morte) e sem renovamento" (D'Annunzio). Ser escritor erótico não é indício de saúde sexual. Amar como eu amo as palavras não é indício de saúde sexual. Palavras e versos são flores sobre a minha lápide, são flores mortas sobre mim, morta.

Patrizia Valduga

Obras de referência dos poemas

De *Medicamenta e altri medicamenta* (Einaudi, 1989)
[*Medicamenta* (Guanda, 1982)]
Vem, entra e colhe-me, testa-me prova-me...
Sabe seduzir a carne a palavra,
Caía o dia e caía meu amado

De *Prima antologia* (Einaudi, 1998)
[*Donna di dolori* (Mondadori, 1991)]
Agora calma e sangue frio. Assim

De *Cento quartine e altre storie d'amore* (Einaudi, 1997)
Beija-me; dá-me cem beijos, e mil:
Ah sim, afaga-me, doce, com tua mão,
E vai logo, imobiliza-me os braços,
Terra para a terra, vem sobre mim:
"Não se mexe. Já disse: chega, palerma!

De *Quartine. Seconda centuria* (Einaudi, 2001)
Serralho de sonolentas lascívias,
Como leve na orla arquejava o mar!
Desse pouco que resta desse fogo

De *Poesie erotiche* (Einaudi, 2018)
["Lezione di tenebre" (Mondadori, 2003)]
Obsceno e sagrado o amor deixa livre
Eu vou fazer de conta que não quero,
Violenta-me, obriga-me ao prazer,
E tem sempre aquela mão sobre a testa...
De *Lezione d'amore* (Einaudi, 2004)

Põe a língua pra fora. Fora! Fora!
Sabe, te faz bem que te faça mal.
Avança ainda, ganhando terreno

De *Il libro delle laudi* (Einaudi, 2012)
Eu sempre no limiar do meu nada

Sobre as tradutoras:

Agnes Ghisi é mestranda em literatura, tradutora, professora de italiano, co-criadora e mediadora do clube de leituras Letturine (@letturineclube). Traduziu microcontos de Cesare Pavese publicados em *Trabalhar é um prazer e outros microcontos* (7Letras, 2022).

Elena Santi é pesquisadora, tradutora e professora da Universidade Federal de Juiz de Fora. Em 2022 publicou, com Cláudia Tavares Alves, pelas Edições Jabuticaba, a tradução de *Virá a morte e terá os teus olhos*, de Cesare Pavese e, em 2017, lançou, com Patricia Peterle, o volume *Vozes: cinco décadas de poesia italiana* (Editora Comunità). É doutora em literatura pela Universidade Federal de Santa Catarina e suas pesquisas se concentram na área de literatura italiana, poesia contemporânea e literatura comparada.

Agradecimentos:

Agradecemos, de coração, Marcelo Lotufo, Cláudia T. Alves, Fabiana Assini, Thiago Mattos, Patricia Peterle, Andrea Santurbano, pelas leituras, trocas, sugestões atentas e longas conversas, que foram fundamentais para a elaboração destas páginas. Um agradecimento especial vai para Patrizia Valduga e para a editora Einaudi, pela generosidade e pelo apoio.

Outros títulos das Edições Jabuticaba

Discoteca Selvagem Cecilia Pavón
trad. Mariana Ruggieri e Clarisse Lyra

Virá a more e terá os teus olhos Cesare Pavese
trad. Cláudia T. Alves e Elena Santi

Botões Tenros Gertrude Stein
trad. Arthur Lungov

Por qual árvore espero Eileen Myles
trad. Mariana Ruggieri, Camila Assad e Cesare Rodrigues

Variações sobre tonéis de chuva Jan Wagner
trad. Douglas Pompeu

A invenção dos subúrbios Daniel Francoy
posfácio Guilherme Gontijo Flores

Que tempos são estes Adrienne Rich
trad. Marcelo F. Lotufo

Por trás e pela frente primeiro Kurt Schwitters
trad. Douglas Pompeu

As Helenas de Troia, NY Bernadette Mayer
trad. Mariana Ruggieri

O método Albertine Anne Carson
trad. Vilma Arêas e Francisco Guimarães

O hábito da perfeição Gerard Manley Hopkins
trad. Luís Bueno

Os elétrons (não) são todos iguais Rosmarie Waldrop
trad. Marcelo F. Lotufo

Cálamo Walt Whitman
trad. Eric Mitchell Sabinson

Nocaute / 6 poetas / Cuba / hoje org. José Ramón Sánchez
trad. Rodrigo A. do Nascimento e Mariana Ruggieri

Ova Completa
Susana Thénon
trad. Angélica Freitas

Sotto Voce e outros poemas
John Yau
trad. Marcelo Lotufo

História do Leite
Mónica Ojeda
trad. Ayelén Medail

Percurso livre médio
Ben Lerner
trad. Maria Cecilia Brandi

O velho que não sente frio
Daniel Francoy

Vontade de ferro
Nikolai Leskov
trad. Francisco de Araújo

Cidadã
Claudia Rankine
trad. Stephanie Borges

Cada um a seu modo
Marcelo F. Lotufo
posfácio Vilma Arêas

X, Y, Z
Carolina Tobar
trad. Marcelo Lotufo

Meus poemas não mudarão o mundo
Patrizia Cavalli
trad. Cláudia T. Alves

Moldávia
Timo Berger
trad. Douglas Pompeu

Caderno Goiabada
nina rizzi
posfácio Heloisa Buarque de Hollanda

Poemas mais ou menos de amor
Diane di Prima
org. e trad. Fernanda Morse

Rua Maravilha Tristeza
Frederico Klumb

Este livro foi impresso na gráfica PSI7,
em papel bold 90 g/m² e cartão 250g/m²
e composto em Garamond.